Anioły Alfiego

Alfie's Angels

Henritte Barkow

Sarah Garson

Polish translation by Sophia Bac

mantra

Alfie chciał być aniołem.
Widział je w swoich książkach.

Alfie wanted to be an angel.
He'd seen them in his books.

Widział je w swoich snach.

He'd seen them in his dreams.

Anioły mają skrzydła i anioły mogą latać.
Alfie chciał mieć skrzydła,
żeby przylecieć do szkoły na czas.

Angels have wings and angels can fly.
Alfie wanted wings so he could fly to
school on time.

Anioły mogą tańczyć i śpiewać pięknymi głosami.
Alfie pragnął tak śpiewać, żeby dostać się do chóru.

Angels can dance, and sing in beautiful voices.
Alfie wanted to sing so that he could be in the choir.

Anioły mogą poruszać się prędzej niż szybkie spojrzenie.

Angels can move faster than the eye can see.

Alfie chciał poruszać się prędzej,
żeby strzelić więcej goli.

Alfie wanted to move faster so
that he could score more goals.

Anioły mają różne kształty...

Angels come in all shapes...

...i rozmiary,

...and sizes,

i mogą robić najbardziej
zdumiewające rzeczy.

and they can do the most amazing things.

Alfie chciał być aniołem.

Alfie wanted to be an angel.

Widział je w swoich książkach.
Widział je w swoich snach.

He'd seen them in his books.
He'd seen them in his dreams.

Obecnie, raz do roku dzieci mogą
być aniołami.
Nauczyciele je wybierają.
Rodzice je ubierają.
Cała szkoła patrzy się na nich.

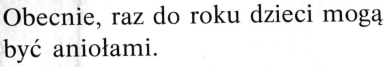

1963

1941

1920

Now once a year children can be angels.
The teachers choose them.
The parents dress them.
The whole school watches them.

Nauczycielka Alfiego zawsze wybierała dziewczynki.

Alfie's teacher always chose the girls.

Najładniejsze dziewczynki. Dziewczynki z najdłuższymi włosami.
Dziewczynki z największymi oczami i najsłodszymi uśmiechami.

The prettiest girls. The girls with the longest hair.
The girls with the biggest eyes and the sweetest smiles.

Ale Alfie chciał być aniołem.
Widział je w swoich książkach.
Widział je w swoich snach.

But Alfie wanted to be an angel.
He'd seen them in his books.
He'd seen them in his dreams.

Kiedy nauczycielka zapytała:
"Kto chce być aniołem?"
Alfie podniósł rękę.

When the teacher asked, "Who wants to be an angel?"Alfie put up his hand.

Dziewczynki zachichotały. Chłopcy wybuchnęli śmiechem.

The girls laughed. The boys sniggered.

Nauczycielka zrobiła wielkie oczy. Nauczycielka pomyślała i powiedziała: "Alfie chce być aniołem? Ale tylko dziewczynki są aniołami".

The teacher stared. The teacher thought and said, "Alfie wants to be an angel? But only girls are angels."

Alfie powoli pokręcił głową
i powiedział nauczycielce wszystko o aniołach.

Alfie slowly shook his head,
and he told his teacher all about the angels.

Jak widział je w swoich książkach.
Jak widział je w swoich snach.

How he'd seen them in his books.
How he'd seen them in his dreams.

Im dłużej Alfie opowiadał, tym bardziej przysłuchiwała się cała klasa.

And the more Alfie spoke,
the more the whole class listened.

Nikt się nie śmiał i nikt nie chichotał, dlatego że Alfie chciał być aniołem.

Nobody laughed and nobody sniggered, because Alfie wanted to be an angel.

Nadeszła pora roku, kiedy dzieci mogły być aniołami.
Nauczyciele je przygotowali. Rodzice poprzebierali.
Cała szkoła oglądała, jak śpiewały i tańczyły.

Now it was that time of year
when children could be angels.
The teachers taught them.
The parents dressed them.
The whole school watched
them while they sang
and danced.

Alfie został aniołem!

Alfie was an angel!